La Terre, c'est...

Par 120 autrices et auteurs

Textes illustrés par Jack Koch

Préface Olivier Norek

fleuve
ÉDITIONS

Pour chaque ouvrage vendu,
Fleuve Éditions reverse 1,5 € à l'association
Le Rire Médecin

MIXTE
Papier issu de
sources responsables
FSC® C003309

L'éditeur de cet ouvrage s'engage dans une démarche
de certification FSC® qui contribue à la préservation
des forêts pour les générations futures.

Pour en savoir plus :
www.editis.com/engagement-rse/

ISBN : 978-2-265-15601-2

Dépôt légal : novembre 2022

le rire médecin

Rire à l'hôpital, c'est vital !

Depuis 1991, l'association Le Rire Médecin fait intervenir des duos de comédiens-clowns professionnels dans les hôpitaux pour permettre aux enfants, à travers le rire, de mieux se battre contre la maladie et de lutter contre la douleur.

L'association agit à la demande des chefs de services pédiatriques qui estiment que son action est complémentaire des soins qu'ils prodiguent aux enfants.

Présente dans plus de 60 services pédiatriques en France, elle permet à plus de 90 000 enfants de bénéficier des interventions des comédiens-clowns chaque année.

L'action du Rire Médecin est reconnue pour les bienfaits qu'elle apporte aux enfants, mais aussi aux parents et au personnel soignant.

En savoir plus : www.leriremedecin.org

Préface

La Terre, c'est...

La Terre, c'est la page blanche du roman de l'humanité sur laquelle, depuis plusieurs millions d'années, nous écrivons notre Histoire. Grain de sable sur la plage de l'univers. Infime cellule d'un tout dont nous ignorons l'étendue.

Unique, elle serait un miracle et à l'intérieur même de ce miracle, chacun de nous en serait un autre. Est-ce que, quelque part dans l'espace, sur une planète jumelle, d'autres êtres lisent des livres, peignent, philosophent, imaginent, se posent les mêmes questions, pensent à nous ? Comment l'ont-ils respectée ? Comment l'ont-ils défendue ? Cette jumelle est-elle aussi morcelée par des frontières, divisée en pays, en religions, en langues, en coutumes ? Est-elle balafrée par les guerres, étouffée par la pollution, épuisée par l'avidité quand lui est demandé plus qu'elle ne peut offrir ? Ces autres êtres auront-ils été aussi insouciants, cupides et insatiables que nous l'avons été ?

Elle nous regarde, la Terre, comme ses enfants. Fantastiques et déplorables, géniaux et cruels. Elle nous supporte et patiente. Elle attend que nous fassions les choix de demain. Terre mère, nourricière, hospitalière, nous avons considéré ses richesses comme infinies et acquises, nous avons même pensé régner sur elle. Mais elle décidera bientôt si nous la méritons. Le temps nous manque pour agir en notre nom, au nom de l'humanité, avant que, fatiguée, dans un ultime sursaut, elle fasse rugir ses volcans, hurler ses tempêtes, qu'elle libère sa colère, sa peine et son désespoir d'avoir accueilli et nourri ceux et celles qui n'en voient pas l'infinie préciosité.

Elle n'est pas fragile, nous le sommes. Et dans mille ans, se souviendra-t-elle de nous ?

Bienvenue sur la Terre, bienvenue chez vous. Considérez-la comme sacrée, considérons-nous comme ses gardiens, car la seule manière de prospérer, c'est de l'aimer, la seule manière de survivre, c'est de la protéger.

Olivier Norek

La Terre, c'est un puits de richesses,
de bienfaits et de beautés,
dont nous sommes les gardiens.

Sophie Adriansen

La Terre, c'est un grand livre,
de la taille d'un oignon,
dont on épluche les pages,
qui nous font parfois pleurer.

Camille Andrea

à la porte
autour
camarade
uisine. Nou
ambres à co
au grenier,
uspendu à u
ous des
es tas
salue poliment.
oute la maison. Il ou
escalier. Je jette un coup
montons un second esca
J'y vois du bois de chauff
ques sacs de blé.
garde les tonneaux
es, les pom
es, les v
ns à la g
des râteaux, des
ne hache...
pieds, des poules se sauvent.
Mon camarade ouvre l
jack
05/22

La Terre, c'est cette chose
minuscule et fragile
que Thomas Pesquet prend en photo depuis l'ISS.
Cette planète qu'on s'obstine à détruire
sans y penser,
persuadés qu'elle résistera
encore et toujours.

Amélie Antoine

jack
02/22

La Terre, c’est là où on a les pieds
quoi qu’en dise notre tête.

Sophie Astrabie

La Terre, c'est le sol fragile qui me porte,
moi qui suis souvent dans la Lune.
C'est l'écosystème dont ma génération
a feint de découvrir la souffrance.
C'est la planète bleue,
le refuge d'Actarus,
un jardin au cœur battant.
Je voudrais encore y vivre mille et une amours,
mais voilà,
c'est maintenant une bombe à retardement.

Jérôme Attal

La Terre est le fruit du hasard, dit-on.
Encore faut-il croire aux coïncidences.
L'idée de rendez-vous
me paraît finalement plus raisonnable.

Solène Bakowski

Savane
jack
04/22

La Terre, c'est…
C'est…
Bien sûr que j'ai appris ma leçon !
La Terre, c'est… un nom féminin, déjà.
Même qu'on l'écrit avec un grand « T », mais
tu peux mettre un petit « t »
si tu as la flemme
ou pas assez d'encre,
et ça se prononce tout pareil.
J'ai bon ?
Oui, m'sieur, je continue.
Donc, la Terre…La Terre-Terre-Terre…
Mais oui, m'sieur, j'ai révisé !
Alors…
La Terre, c'est… Non, je ne…
Attendez… J'ai un doute.
Dites, m'sieur,
La Terre…
LA Terre…
C'est pas là où on vivait, avant ?

Yann Bécu

La Terre

La Terre, c'est d'abord,
de mon point de vue de voyageur d'outre-espace,
une planète quelconque,
dans une galaxie indistincte
de ses milliards de voisines.
C'est aussi un lieu hostile et dangereux.
Il y fait parfois trop chaud, parfois trop froid.
Souvent trop sec,
et plus souvent encore trop humide.
Des êtres griffus et venimeux
se tapissent dans les coins d'ombre,
guettant leurs proies.
Des tiges des plantes jaillissent des épines, et
leurs fleurs sont toxiques.
Des océans à la puissance implacable,
grouillant de prédateurs
aux mâchoires garnies de dents,
rongent les falaises,
millénaire après millénaire,
tandis que du ciel,
à tout moment, un météore peut chuter
et transformer les continents
en bourbiers de roche en fusion.
Vraiment pas un endroit où s'installer.
C'est pourtant, de tout l'univers,
le seul jardin où poussent des humains.
Et ces derniers feraient bien d'en prendre soin.

Romain Benassaya

jack
06/22

La Terre,
c'est ce sur quoi mes deux pieds reposent.
C'est le lieu qu'on nous a octroyé ici-bas
pour s'élever le plus haut possible.
La Terre, c'est cet endroit magique,
luxuriant, étonnant,
qui renferme presque tous les secrets du monde.
Dans la terre, on peut semer une graine
et y voir fleurir un arbre.
On vit sur Terre puis on y repose à jamais.
La Terre,
c'est à peu près tout ce qui nous rend humain.
Si elle devait nous parler aujourd'hui,
elle nous confierait
qu'on n'en prend pas assez soin.
Que nous n'avons aucune conscience
du cadeau qu'elle nous fait.
Et qu'elle pourrait très
bien tourner sans nous,
alors que sans elle, nous ne le pourrions pas.

Delphine Benattar

La terre, c'est ce goût d'enfance
qu'on trouve en se léchant les doigts,
Parce qu'on l'a sous les ongles,
Parce qu'on a creusé toute la journée
Sans s'arrêter ;
C'est âpre, piquant, étrange
et étrangement familier,
Ça rappelle la pluie qui a séché
Ou l'herbe qu'on vient de tondre :
Des choses qui ont été, sont devenues
Et ne sont plus.
On ne se doute pas,
tandis qu'on se suçote
avec gourmandise les index,
Que si on l'aime tant, cette terre,
C'est qu'on en aura la bouche remplie,
et les sourcils garnis
Et que cela, au fond,
notre enfance le sait depuis toujours.
Et ce n'est pas grave, non !
C'est comme quand on montre nos doigts noirs
à nos parents
en leur disant :
« T'inquiète, c'est juste de la terre. »

Thibault Bérard

La Terre, c'est l'immensité.
C'est cette montagne qui chatouille le ciel.
C'est la courbe de ton dos.
C'est ce lac qui n'en finit pas.
C'est l'étendue bleue de tes yeux.
C'est cette forêt qui, autour de nous,
forme des noeuds.
Rien d'autre que le carrefour de tes jambes.
La Terre, c'est tout, c'est le lieu, le refuge,
le murmure du vent et les chants d'oiseaux...
Ce sont tes bras, ta chaleur et ta voix.
La Terre, c'est aussi un tremblement parfois,
une nuit sans étoiles.
C'est un désaccord, de temps en temps,
un ton qui monte, un moment sans.

La Terre, c'est tout.
Ma Terre, c'est toi.

Anne-Lise Besnier

La terre, c'est pour faire du blé.
Mais lequel ?

Nicolas Beuglet

jack
11/21

La Terre, c'est rien.
Ou si peu de chose.
Juste une planète tellurique,
composée de roches silicatées et de fer.
Ce n'est que la troisième planète
par ordre d'éloignement du Soleil
et la cinquième plus grande du système solaire.
C'est la seule planète connue
sur laquelle se trouvent des êtres vivants.
7 milliards d'humains y vivent,
répartis sur 5 continents.

Tout ça n'est pas grand-chose.
En tout cas, ce n'est pas très important.

Parce que, quelque part sur cette Terre,
à cet instant,
Quelqu'un retient son souffle
C'est une femme, avec un ventre rond,
rond et plein, comme une planète.
Dans quelques instants, son enfant va naître.
Elle dira :
« C'est lui.
Le plus beau de la Terre ! »

Nathalie Bianco

La Terre, c'est un grand loup blanc
dans une forêt.

Un océan brodé de vaguelettes
Des arbres éclatants de pommes vertes
Des rivières au son de clarinettes
Un coucher de soleil qui ressemble à une fête

Des cerfs en majesté, des gazelles bondissantes,
six lionnes qui somnolent
des volcans pleins de sauce tomate bouillonnante
c'est le soleil qui rend la peau molle.

Les blés couchés, la douceur d'une pêche
Des sommets couverts de crème fraîche
L'aube, dans un grand feu bleu

Et, de la lune ; un disque fabuleux.

La Terre, c'est un lit défait,
ses draps étincelants froissés.
Allongés sur une mer sale qui nous berce,
une neige grise tombe sur nos joues
et nous dormons,
la peau d'un grand loup blanc sous nos cheveux.

Le plus beau des rêves.

Jacques-Olivier Bosco

La Terre,
c'est tout ce qu'on n'aurait jamais su imaginer.
Un pois de coccinelle,
le chant des baleines,
tous les oiseaux,
le goût des fraises,
le voyage d'un ruisseau,
le cou d'une girafe,
le fil d'araignée,
les couleurs de la mer,
une nuit étoilée,
un renardeau qui bâille,
l'odeur de la forêt,
des flocons de neige...
La Terre, c'est presque trop beau pour être vrai.
Je voudrais ne jamais oublier de la regarder.

Anne Boudart

La Terre, c’est un corps violé
flottant dans les draps laiteux de l’univers.

Franck Bouysse

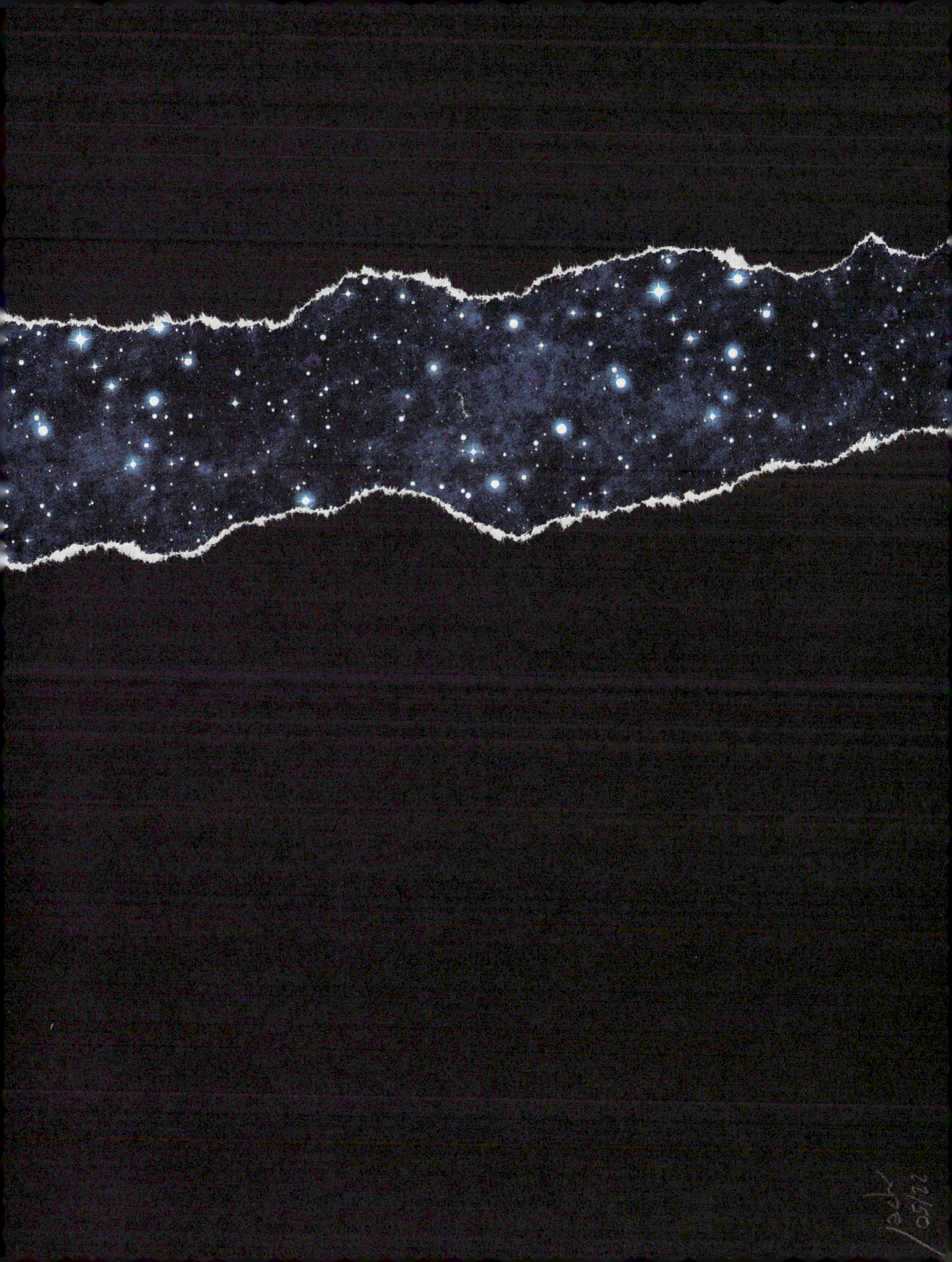

La Terre, c'est…
Les feuilles ocre qui s'envolent dans les parcs,
l'odeur de châtaigne et des cartables neufs.
Les flocons qui tourbillonnent
dans le froid sec des derniers jours de l'an.
Les premiers rayons timides,
les clochettes du muguet,
les kermesses du joli mois de mai.
La moiteur lasse des nuits d'août,
les cigales insatiables
ou les nuits fraîches de l'Atlantique.

La Terre, ce sont ces saisons douces
qui se succèdent,
accompagnent en cycles nos mémoires.
Et puis les pluies qui s'affolent,
les coups de chaud bien trop tôt,
le manteau blanc qui ne s'accroche pas.
La certitude que décidément,
sous nos yeux, tout ça s'en va.

La Terre, ce sont ces beautés
qui s'enfuient subitement,
ces miracles que nous pouvons peut-être saisir,
réparer même, avant qu'il ne soit trop tard.
Pour que les souvenirs de nos petits
soient aussi doux
que ceux que nous avons mis à l'abri.

Adèle Bréau

jack
04/21

— La Terre, c'est...
— 3 000 points,
maugrée l'adolescent
avachi devant son écran.
Le Diable grimace.
— Et vous n'avez toujours pas pété
le travail du Vieux,
gronde-t-il.
— J'ai failli ! rappelle l'adolescent.
— Tes comètes ont juste buté des dinosaures,
Guerre, se moque son voisin squelettique.
— Je force tout le monde à se bouffer,
ça va dégénérer ! espère la jeune fille à côté.
— Rien ne vaut une bonne disette,
Conquête, insiste le décharné.
— Laisse tomber, Famine, le coupe une voix.
J'ai gagné.
— Salut, Pestilence !
l'accueillent les adolescents.
Sur les écrans,
les jauges passent au jaune puis au rouge.
— Comment t'as fait ? s'étonne Guerre.
— Oh, trois fois rien.
Juste un peu de CO_2...

David Bry

game over

La Terre, c'est…
une mère fragile et protectrice ;
les frontières sont ses cicatrices.

Michel Bussi

La Terre, c'est la maison,
une immense maison libre,
sûrement pas une cage ;
la Terre, c'est le seul endroit
où l'on peut vivre heureux,
malheureux,
seul,
à deux ou à plein ;
la Terre, c'est le nid et la tombe,
la source, le paradis et l'enfer ;
la Terre, c'est le lieu de la vie et de la mort,
petite planète en marge d'une constellation
cachée parmi des milliards de constellations ;
la Terre, c'est le seul lieu connu
où nous respirerons
jusqu'à notre dernier souffle ;
et après nous nos enfants,
et les enfants de nos enfants...
La Terre, c'est tout ça,
et surtout,
la Terre, c'est tout ce qu'on a.

Jérôme Camut

La Terre, c'est notre passé,
le présent et le futur.
La Terre, c'est le roc,
la pierre, le sable, l'espoir d'une montagne
et la promesse nourricière d'un champ.
Elle nous relie avec notre histoire,
avec les origines de notre monde, notre Terre.
Notre planète tout en eau, en bosses, en creux,
et maintenant pleine de villes,
de routes,
de zones commerciales, de hangars,
de quartiers résidentiels et de jardins privés.
Où nous essayons,
lorsque nous plongeons nos mains
dans la glaise,
de retrouver nos racines
et les 4 milliards d'années
qui sont derrière nous.
Et nous creusons toujours plus profondément
notre tombe géante pour reposer un jour,
épuisés,
dans la terre de notre Terre.

Dorothée Caratini

La Terre, c'est un matin humide,
une odeur de pluie qui, de loin, te revient
La Terre, c'est ce lopin
qui ne t'appartiendra jamais plus
qu'à ton voisin
Tu pourras t'y rouler,
y planter un arbre, y cacher une prière
Tu pourras la nourrir,
la pétrir de tes mains, y enterrer un père
La Terre, c'est le bleu de ses mers,
c'est le feu qui s'éteint
La Terre,
c'est celle qui accueillera tes enfants,
je l'espère.

Virginie Carton

jacky
03/22

La Terre, c'est...

Cet endroit unique et magique
où il est possible
de planter des graines de rêve.

Qu'elle soit glace, tourbe,
sable brûlant,
prairie verdoyante ou granit,
la Terre accueille ces graines,
forme autour d'elles un cocon douillet
où leurs racines s'épanouissent.

Il faut prendre grand soin
de ces minuscules pousses et de leur terreau.
Les arroser d'un mélange de tendresse,
patience et douceur.

Pour qu'un beau jour
elles éclosent en fleurs multicolores,
là-haut, à mi-chemin vers les étoiles.

Marlène Charine

jack
03/22

La Terre, c'est un grand livre
où chacune et chacun
cherche à écrire
le mot
bonheur

Fabien Clavel

bonheur
Jack
06/22

La Terre, c'est ma mère
Le Ciel, c'est mon père
Et moi, je navigue à l'horizon.

Gavin's Clemente-Ruiz

Anchorage
Vancouver
Chicago
N.York
Panamá
Lisbonne
Paris
Berlin
Moscou
Omsk
Irkutsk
Pékin
Canton
Bagdad
Bombay
Colombo
Le Caire
Dakar
Kano
Mombasa
Kinshasa
Johannesburg
Belém
Natal
jack 04/21

La Terre, c'est mon point d'ancrage.
Elle me retient
quand j'ai la tête dans les nuages.
Me rappelle à la réalité quand,
dans mes rêves,
je voudrais m'échapper.

Ophélie Cohen

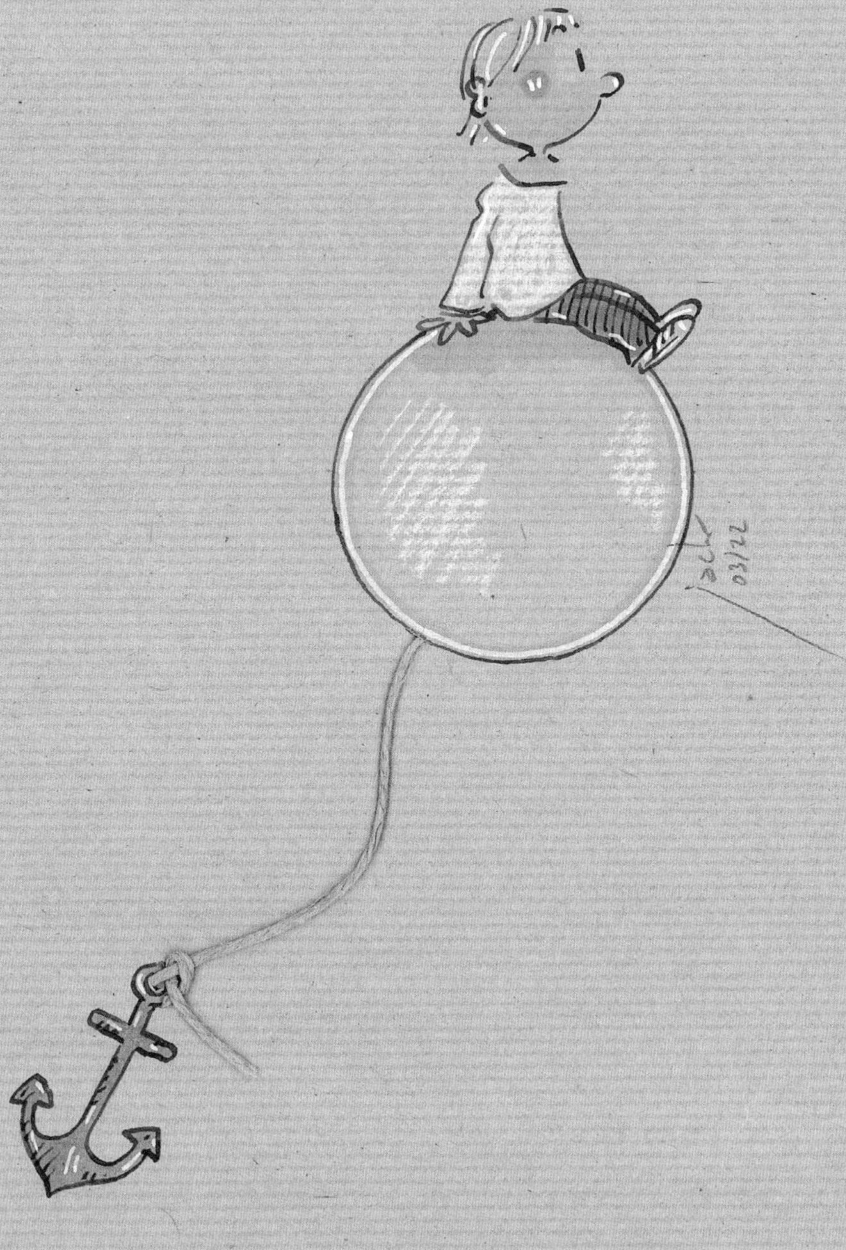

La Terre, c'est comme un œuf :
tellement fragile qu'on pourrait la briser
juste en la serrant dans la main.
Mais la Terre, c'est aussi comme un œuf
qu'on tient à la verticale entre deux doigts :
impossible à écraser tellement elle est solide.
Alors la Terre,
elle sera toujours là.
Avec ou sans nous.
Ça serait mieux avec,
je trouve.

Sandrine Collette

La Terre, c'est comme un membre de la famille,
si proche que l'on se rend compte un jour
qu'on n'a pas pris de ses nouvelles
depuis bien longtemps.

Hervé Commère

La Terre, c'est :..

Un terrain de jeux géant inventé par un enfant,
forcément...
Des tapis de mousse doux comme la plume
où se rouler en boule pour écouter les oiseaux
Des animaux de coton qui traversent le ciel
et changent d'apparence au gré des continents,
Des vallons verdoyants à dévaler à toute vitesse,
les yeux fermés et le cœur battant,
Des forêts infinies où jouer à cache-cache
et s'inventer des royaumes
Des piscines à vagues remplies de poissons
et d'étoiles colorés
Des bacs à sable immenses où cacher des trésors
Des tableaux d'artiste
qui surviennent à l'éclaircie
et consolent le ciel d'avoir trop pleuré
Des milliards de lucioles
qui illuminent la nuit,
à l'heure de l'histoire du soir,
pour veiller sur nos rêves...

La Terre, c'est l'œuvre d'un enfant, forcément...

Mélissa Da Costa

1
2
3
5
6

La Terre, c’est comme une maman.
Elle nous donne la vie,
elle nous accueille, elle nous nourrit.
Elle est jolie, toujours bien vêtue,
change ses couleurs au gré des saisons.
Tantôt douce, tantôt fâchée,
elle nous fait bien sentir
lorsqu’on dépasse les limites.
Tantôt calme, tantôt exaspérée,
elle ne sait pas toujours se faire respecter.
Elle cause mais on ne l’écoute pas assez,
du moins, pas comme elle le voudrait.
Alors parfois, dans un excès de colère,
elle nous rappelle à l’ordre,
sans jamais cesser de nous aimer, la Terre.

Sonia Dagotor

La Terre, c'est une sieste d'été
sur l'herbe molle d'un jardin de vacances,
ton corps pressé contre sa chaleur,
un ballon qui vole, des rires,
et tes pieds nus qui se fendent sur ses reliefs.
La Terre, c'est aussi l'effort et la patience,
tes mains qui ratissent et creusent ses flancs
pour y semer la vie,
avant que le jus de ses fruits mûrs
ne sucre tes lèvres,
et laisse leur goût de soleil
rouler dans ta gorge.
Car la Terre, c'est ton jeu et ta liberté,
le commencement et la promesse,
ta joie de n'être qu'un petit rien
dans le grand tout.
La Terre, c'est aussi cette amie
que tu quittes après l'été
puisqu'il faut bien rejoindre
les lumières errantes de ta ville
et ses fruits pâles.
Mais toujours la Terre t'accompagne,
cachée dans un coin de mousse
entre deux bouts de macadam,
dans un joli bouquet, sur le banc d'un parc
ou dans ce figuier que tu croises chaque matin
devant le tabac
et à qui tu souris
comme si tu croisais une vieille amie.

Sophie de Baere

La Terre,
c'est l'histoire la plus invraisemblable
et la plus belle
jamais inventée.
Aucun auteur au monde
n'aurait pu l'imaginer de façon aussi
parfaite.
Pourtant,
nous avons essayé d'écrire
les derniers chapitres à sa
place.
Et on a tout abimé...
Et si on redonnait à la Terre
son pouvoir d'écrivain ?

Laure de Rivières

Et si on redonnait à la Terre son pouvoir d'écrivain?

La Terre, c'est... fragile
Un peu d'air au-dessus de nos têtes
Un peu de bleu dans l'immense univers

La Terre, c'est... unique
Un habitat comme on n'en trouve pas
Un lieu de vie où la liberté devrait régner

La Terre, c'est... chez nous
Où les différences sont des forces
Où créer et rêver devrait construire l'humanité

La Terre, c'est un bel endroit,
pour peu qu'on n'y fasse pas n'importe quoi

Samuel Delage

La terre, c'est…

Le noir sous mes ongles d'enfant
Les traces sur mes genoux,
Le goût du métal et du sang

C'est une course dans le sable et des pentes dévalées
L'odeur des pins humides après la pluie d'été
Mes talons qui s'enfoncent, la boue sur les mollets
La poussière dans mes cheveux, un lit improvisé

C'est ma poche remplie de marrons et de cailloux
Leurs petits doigts dans les feuilles
Les sauts dans la gadoue

La terre, c'était juste un truc de gosse
Et puis un jour, c'est la fleur lancée dans la fosse
C'est la goutte qui perle au coin de l'œil
C'est la couche brune qui recouvre le cercueil

C'est surtout la petite pousse qui fracture le bitume
Clin d'œil discret à tous les humains en costume
Le rappel que nous ne sommes que des enfants de passage
C'est la mère patiente de gamins pas vraiment sages

Des sales mômes qui épuisent toutes ses ressources,
Mais la Terre,
c'est toujours elle qui gagnera la course…

Virginie Delage

La Terre, c'est une mère, un foyer,
un temple où de vivants piliers
abritent le récit croisé de nos destins,
au centre duquel demeure une pierre sacrée :
le fil de nos vies y murmure en confidence,
comme le doux bruit de l'eau,
la chanson douce de nos espérances,
de nos rêves et de nos blessures ;
elle est notre miroir,
notre fontaine de jouvence.
Elle nous féconde à la naissance
et à la mort nous recueille,
elle célèbre notre danse et console nos deuils ;
tout vient par elle et revient à elle,
à son berceau, où elle nous couve
dans l'attente de nous envoler vers le Ciel
— dans cette lumière vibrante
que nous attendons,
ce cœur céleste et palpitant
où s'unissent l'aube et le couchant.

Arnaud Delalande

Jack
03/22

La Terre, c'est avant tout une couleur,
peut-être pas la plus belle
ni celles de l'arc-en-ciel tu sais ?
Mais la plus intemporelle peut-être !
Puis c'est un matériau qui vit
et se transforme grâce à l'eau,
au feu, à l'air et au temps.
Mais la Terre,
c'est aussi les ongles sales du paysan,
à force de la travailler pour nourrir les autres.
La Terre, c'est un bouquet de fleurs des champs,
fragiles et vulnérables,
qu'on offre par amour
et qui ne peut vivre sans eau,
comme nous.
Enfin, la Terre, c'est un terrain de jeu
que nos aïeux nous ont transmis,
où l'on va jouer une partie et une seule,
avant de la transmettre à nos enfants.
Nous sommes la Terre. Prenons soin de nous.
Restons terre à terre...

Michaël Delaporte

La Terre, c'est un peu,
beaucoup,
passionnément,
à la folie...

Sonja Delzongle

jack
03/22

La Terre,
c'est un monde qu'on piétine,
qui ne réclame pourtant que de la douceur.
Revenons alors aux origines.
Planter une graine
et s'émerveiller chaque jour
de la voir pousser.
Admirer le soleil
qui se pare de rose avant de se coucher.
Se laisser bercer par la mer
qui chantonne à chaque vague.
Écouter les oiseaux qui grésillent
et le vent qui souffle dans les arbres.
Et se dire que nous,
petits êtres humains,
pour protéger la Terre,
il faut d'abord apprendre à l'aimer.

Héloïse des Monstiers

jack
06/22

La Terre, c'est...
Notre reflet.
À bien y réfléchir,
c'est même notre portrait de Dorian Gray.
Nous la laissons se flétrir
pour assouvir nos faims.
Souvenons-nous qui périt à la fin.

Sandrine Destombes

03/22

La Terre, c'est…
un merveilleux espace de possibles
pour les femmes et les hommes qui la peuplent.
Le problème c'est
que quand on leur donne le choix,
à ceux-là,
ils finissent inévitablement
par faire ce qu'il y a de pire !

François-Xavier Dillard

La Terre, c'est le mot des pirates,
quand le naufrage menace,
que le pont se craquelle,
que le ciel se tache de poudre à canon,
c'est ce cri, « Terre, terre »,
que répètent, oui,
les aventurières et les aventuriers
qui dérivent,
quand soudain
nos pleurs deviennent des regards de trésor,
face à ce qu'on croit voir encore,
horizon de forêts,
ombres de fauves,
lumières de campements,
et peut-être n'est-ce qu'un mirage,
un rêve,
une liane attrapée grâce à laquelle on vole,
cœur et corps aériens,
peut-être, oui,
que la Terre n'est que ce désir,
ce vrai et profond désir d'être sauvé.

Caroline Dorka-Fenech

La Terre, c'est déjà ça,
C'est surtout que tu n'as pas trop le choix,
Il n'y a pas de vie ailleurs, tu ne le savais pas ?
Enfin on n'est pas sûr, hein,
Tu peux essayer Proxima Centauri b
Mais c'est quand même
À quarante mille milliards de kilomètres
En plus sur Terre on peut aller à la mer
Et on n'a rien trouvé de mieux
Pour marcher dessus
Alors la Terre tu l'aimes ou tu la quittes,
Et comme tu ne peux pas la quitter,
T'as plutôt intérêt à l'aimer

Sébastien Dourver

La Terre,
c'est l'unique maison dont nous disposons.

Chrystel Duchamp

La Terre, c'est ...

Notre mère à tous.

Lorsque l'on naît,

elle nous berce,

Lorsque l'on grandit,

elle nous nourrit,

Lorsque l'on meurt,

elle nous garde dans ses bras.

La Terre ne rend jamais sans intérêt

ce qu'elle a reçu.

Isabelle Duquesnoy

06/22

La Terre, c'est où je vivais,
tu vivais,
il vivait,
nous vivions,
vous viviez,
ils vivaient,
je vis,
tu vis,
il vit,
nous vivons,
vous vivez,
ils vivent,
je vivrai,
tu vivras,
il vivra,
nous vivrons,
vous vivrez,
ils vivront
Pas de point final

Jacques Expert

je vis

La Terre, c'est notre maison.
Beaucoup oublient malheureusement
que si nous avons cruellement besoin d'elle
et de ses bienfaits,
l'inverse n'est pas vrai.
La Terre existait bien avant nous
et elle continuera d'exister
bien après l'extinction du dernier humain.
Alors, prenons soin d'elle, pour elle bien sûr,
mais aussi pour nous, nos enfants et les leurs.

Claire Favan

jack
06/22

La Terre, c'est l'horizon infini de l'océan
et le froissement du vent dans les dunes,
le blanc iridescent des neiges des Alpes,
les roches ocres, vertes et pourpres
de la Cordillère des Andes,
l'heure dorée du crépuscule,
les nuits où naissent nos rêves,
les fleuves et les forêts
que nous peuplons de légendes,
un monde qui nous dépasse tous
et qui est si fragile pourtant.
La Terre, c'est notre plus grand combat
et notre unique havre.
La Terre, c'est notre port
d'où nous contemplons les étoiles.

Estelle Faye

Barren Grounds
Toundra
Taïga
Savane
Selva

La Terre, c'est celle du jardin de la maison,
celle qui a disparu,
celle qui existe encore sur les photos passées :
grain mat, doigts devant l'objectif,
flash qui se déclenche trop tôt, yeux rouges.
C'est la terre de l'enfance.
Une terre sans pluie, que du soleil qui tape fort,
qui brûle la peau et on s'en fout,
une terre de blé et de maïs
plus hauts que la tête,
dans lesquels on s'invente des labyrinthes,
dans le craquement mat des feuilles lustrées.
C'est la terre des balades à vélo à moitié nus,
en bas de maillot de bain, les torses oblongs
indifféremment filles ou garçons,
les chaînes qui râpent les mollets
et les barbouillent de graisse noire,
les pommes sauvages croquées dans les vergers,
petites, grignotées de bestioles,
l'acidité délicieuse qui arrache la gueule.
C'est la terre qu'on doit laisser,
à la fin de l'enfance,
pour en découvrir d'autres, plus grandes,
plus vastes, plus escarpées.
Des terres comme des forêts luxuriantes.
Des terres passées, des terres présentes,
des terres futures.

Elsa Flageul

La Terre, c'est
Deux corps enlacés au bord de la mer
Un chat alangui au soleil sur un rocher
L'enfant au large sourire défiant les vagues
La maison en pierre réveillée par les embruns

La Terre, c'est
Un morceau de côte déchiré et fier
Les dunes blondes bercées par le vent
Le galop du cheval sur la grève découverte
Les îles au loin narguant les marins

La Terre, c'est
Le vert mousseux des marécages après la pluie
La laine des moutons huileuse et salée
Le pas du promeneur silencieux et rêveur
Le croquant de la salicorne charnue

La Terre, c'est
Le ballet incessant des marées la lune géante
au ras de l'eau
Le soleil feu
La mise à nu

Adeline Fleury

jack
04/22

La Terre, c'est le corps ;
avec le Ciel en esprit.

David Foenkinos

sou
souri
savamm
issait le
iment cette bel
il fut subitemen
rog
re le
nchaîn
cultu
l intin
univers
nique d
homme social. ais, au c
par un trouble qui allait faire dér
il ressentit l apparition de la mélancolie.
ce fut une toute petite tache, comme une forme de nostalgie.
se rapprochant bien, on pouvait discerner l aspect mauve de
olie. Et de plus près encore, on pouvait voir la vraie nature d
ne tristesse. D une seconde à l autre, comme une pulsion morbide
tique, il se retrouva face à la vacuité de cette soirée. Il s interrogea
pourquoi suis-je en train d essayer de paraître sous mon meilleur jour ?
uoi suis-je en train de faire rire cette femme, pourquoi suis-je en train
acharner à tenter de la ravir, elle qui m est si radicalement
naccessible ? Son passé d homme incertain le rattrapait brutalement. Mais ce
e fut pas tout. Cette progression du repli fut tragiquement confortée par un
second fait déterminant : il renversa son verre de vin rouge sur la nappe. Il
rait pu y voir une simple maladresse. Et peut-être même charmante : Natha
ait toujours été sensible à la maladresse. Mais à cet instant, il ne pensa
s à elle. Il voyait en ce
anodin un signe bien plus grave :
apparition du rouge. De l
du rouge dans sa vie.
n est pas grave
remar
catastrophée d
s.
sûr que non : ce n étai
it tragique. Le renvoyait
itte. À la vision des fe
qui le rejetaient
ment bourdonnait dans se
images de tous ses ma
ient en lui : il était un
moquait dans la cour de
un militaire qu on bi
ait un touriste qu
e représentait l avan
tache rouge sur l
que le monde l obser
monde chuchotait
son costume de séd
ien ne pouvait a
annoncée par
colie, et
refuge.
ant.
jack 04/22

La Terre, c'est un cadeau à préserver,
les sentiers côtiers de l'île de Groix,
l'écrin des fleurs,
les falaises qui surplombent l'océan,
le sol doux sous les pattes des animaux,
l'amie où pousse le blé doré qui nous nourrit,
notre adresse à tous.

Lorraine Fouchet

La Terre, c'est... C'est quoi, La Terre ?
C'est le berceau de la vie
et le garde-manger du monde.
Rien d'autre qu'un jardin, pas si grand,
beau et fragile comme un coquelicot.
La Terre, c'est des mers impétueuses,
des montagnes et des déserts frileux,
des prairies ensoleillées,
des forêts où les arbres enlacent leurs racines
pour murmurer les infos du jour à leurs voisins.
La Terre, c'est le vol d'une demoiselle,
le héron qui avale tout cru le mulot
et le lion, la gazelle.
C'est une sphère que l'on partage avec
plusieurs millions
d'espèces végétales et animales.
Un espace unique pour susciter
nos rêves et porter nos vies.

Patrice Gain

La Terre, c'est
Un rendez-vous au clair de lune,
Un matin au soleil la tête dans les étoiles,
Un peu de clarté,
Un tour en 80 jours, et un soir d'ivresse,
Une lune de miel,
Des abeilles qui voltigent
Un instant seul au bord de l'océan,
La musique d'une cascade,
Un train dans la montagne
Un cœur rond comme une orange,
Une fleur jaune dans le ciel bleu,
Le moment opportun,
La beauté éternelle et l'absence,
La Terre, c'est une seconde de l'infini,
Une bonne occasion de se taire.

Éric Genetet

6
7
8
9

La Terre, c’est une boule
qui tourne à toute vitesse autour d’un Soleil,
et pendant qu’elle tournoie des êtres de chair,
de sang, de sentiments, naissent,
vivent, courent tout autour,
pour finir par y mourir,
dans un mouvement perpétuel,
immuable, intangible,
dont seuls quelques-uns
tentent d’en comprendre le sens.

Maxime Girardeau

La Terre, c'est un baiser salé,
une larme chaude,
une étreinte fraîche,
un rêve glacé ;
c'est une nuit bleue et un jour gris,
c'est cueillir la pluie sur sa langue,
mordre dans un fruit.
C'est une mère qui nourrit,
c'est celle qui nous a fait et que l'on défait.
La Terre, c'est celle qu'on oublie.

Johana Gustawsson

jack
03/22

La Terre, c'est

Le chemin à arpenter, la chaleur de ta main.
La beauté du soir et puis celle du matin.
La lumière du jour et celle de la nuit
L'éclat dans ton regard
Des milliards de sourires emportés par le vent
Pour refleurir le monde
Des cœurs qui résonnent
Et notre amour qui gronde
Étoiles sublimes d'une même galaxie

Mélanie Guyard

jack
06/22

La Terre,
une mère,
un grain de poussière.
Un paradis,
un enfer.
Tout dépend ce qu'on décide d'en faire.

Vincent Hauuy

La Terre, c'est...
une chanson
une petite musique qui part d'ici
et rebondit à l'infini
de galaxie en galaxie
du Soleil jusqu'à la Lune
puis revient jusqu'à nous
la mi ré mi
sol ré do ré
sol moussu sur lequel on se roule
on se couche on s'endort
où fourmis limaces escargots
grimpent sur les brins d'herbe
les grattent les font vibrer
comme autant de cordes de piano
la mi ré mi
sol ré do ré
sur des millions de millions de brins d'herbe
de minuscules musiciens improvisent
nourrissent la mélodie
agrandissent la ronde
et colorent de mille éclats
la jolie chanson.

Carine Hazan

jack
04/22

La Terre,
C'est un grain de poussière dans l'univers,
Une jolie sphère bleue dans l'espace,
Minuscule pour les uns,
Immense pour les autres
La Terre,
C'est un désert ou le jardin d'Éden
Terrain de jeu pour les uns,
Sanctuaire pour les autres
Nature sauvage ou domptée
Libre comme ses torrents
Sanglante ou verdoyante
Joyeuse ou triste
Fertile ou stérile
Sublime ou hideuse
Berceau ou tombeau
Maison ou chemin
Mère ou poubelle,
La Terre est ce que l'on en fait.

Nathalie Hug

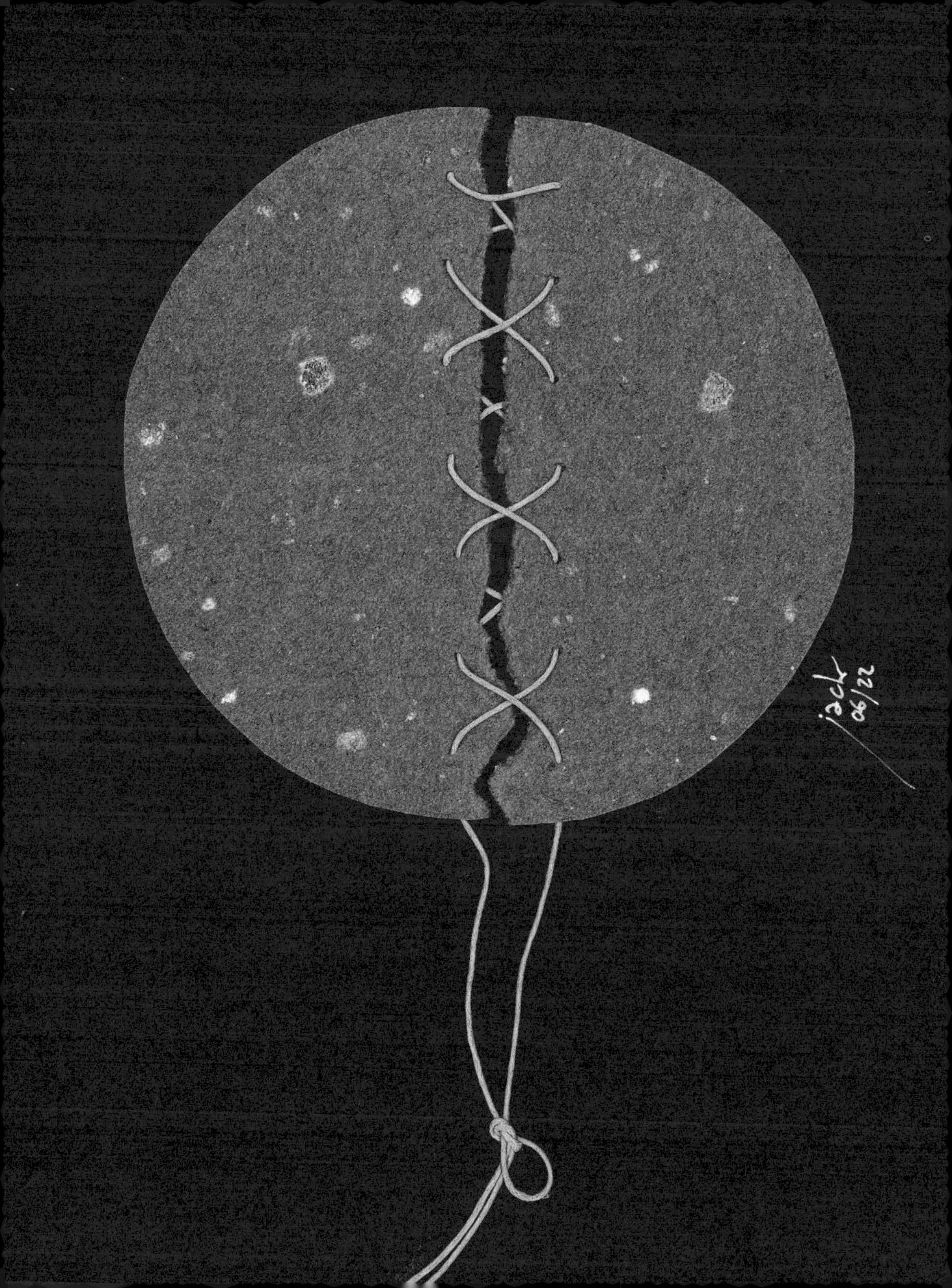
jack
06/22

La Terre, c'est mon père et son père avant lui.
C'est le parfum du ciel et le rire des oiseaux.
C'est un potager clair et quelques herbes folles.
C'est une fraise au creux de la paume,
tendue à mon fils.
« Les jardiniers n'ont pas les mains sales. »

Anne-Gaëlle Huon

La Terre, c'est un point bleu dans l'univers,
Des océans, une atmosphère,
Des fleurs qui poussent en plein désert.
La vie.
Au plus profond des mers,
Dans les montagnes, le froid polaire,
Au sein des forêts primaires.
Devant tous ces mystères,
il n'y a plus qu'à se taire.

Paul Ivoire

La Terre, c'est l'originelle.
Connaissez-vous le célèbre slogan :
« Il n'y a pas de planète B ? »
Je vous avoue
ne pas être tout à fait d'accord avec cela.
En réalité,
pour être franc, j'espère qu'il y en aura une.
Ce jour-là,
un groupe fera le voyage vers celle-ci,
puis un suivant partira vers la C
et d'autres encore continueront.
Malheureusement,
aucun habitant de ces dernières
ne pourra rêver mieux que la nôtre.
La vraie, le berceau, l'unique, la belle.
Alors, laissons-les planter des décors à
travers les étoiles, mais en attendant,
occupons-nous de notre mère à tous.

Jack Jakoli

jack
04/22

La Terre, c'est une nef
qui roule sa coque ronde dans l'azur.
Il suffit de lever la tête
pour voir l'écume des mers célestes
courir en houle de nuages.
Cette croisière nous emporte,
dans un roulis si doux
qu'on oublie la vague,
vers des îles merveilleuses
et des gouffres stellaires.
Y scintillent des fantômes d'astres,
les constellations de nos mémoires,
le mirage de nos avenirs.
Mais la plus belle de ces merveilles
reste le vaisseau au bordage bleu océan,
peuplé de ses enfants
dont les rêves essaiment dans l'espace.

Jean-Philippe Jaworski

06/22

La Terre, c'est une danseuse infatigable
et majestueuse qui valse,
virevolte,
apporte puis emporte jours,
saisons, années,
sans jamais ralentir sa ronde.
Cours d'eau, souffle de vent
dans les feuillages éphémères,
tempêtes,
mélodies des vagues et accords orageux,
depuis le pépiement des oiseaux
jusqu'au grondement enfoui des séismes
qui couvent, tout est musique.
Et nous, poussières de poussière,
nous croyons mener la danse
sans toujours savoir que nous lui appartenons
davantage qu'elle ne nous appartient.
Sans elle, il n'y a pas de bal.
La Terre, c'est cette merveilleuse danseuse,
un peu lasse maintenant,
qui n'en finit pas d'attendre
que l'humain devienne,
enfin, un partenaire à la hauteur.

Carine Joaquim

La Terre, c’est te voir dans tous ses paysages
et essayer d’en prendre soin
comme j’essaye de prendre soin de toi.

Jack Koch

07/22

La Terre, c'est une source de vie, mon enfant.

Observe les pousses vertes
qui s'étirent vers le soleil.
Les plantes, les arbres,
les légumes et les fruits
se nourrissent de cette Terre.

Prends un peu de cette poudre foncée
dans ta main
et cherche une fourmi, une araignée, un ver.
N'aie pas peur.
Ils sont chez eux, comme les lapins,
les taupes et tous les animaux.
C'est leur Terre.

Leur Terre, c'est ta source de vie, mon enfant.
Pose ton pied sur l'herbe mouillée.
Trempe-le dans l'océan.
Les montagnes, les forêts, le désert, la jungle.
Partout tu es chez toi.

Ta Terre, ta source de vie,
c'est aussi celle de ton voisin,
ta voisine, celui que tu connais,
et celle que tu ne connais pas.
Partage-la et protège-la.

Alix Laine

La Terre, c'est notre maison,
avec une majuscule, et avec une minuscule,
c'est cette matière organique sombre,
parfois brune, rouge, jaune,
riche de vie et de parfums lourds et puissants,
c'est là que poussent les arbres,
l'herbe moelleuse, les fleurs sauvages ;
on s'y roule, on y rit, on y dort, on y lit.
La terre, c'est ce qui nous nourrit
quand on la travaille et qu'on en prend soin.
La Terre, c'est le lieu où l'on naît,
où l'on vit, où l'on va,
la Terre que l'on dit nôtre, autre,
inconnue ou d'adoption.
La terre, c'est aussi là que l'on finit,
alors on s'y incorpore
et ça devient nous, autrement.
Au début, au milieu, à la fin de l'existence,
la terre, c'est précieux,
la terre, c'est la vie.

Cedric Lalaury

Severnaïa Zemlia
Novaïa Zemlia
Mer de Kara
Mer de Laptev
Cercle polaire arctique
Leningrad
Moscou
Berlin
Vienne
Carpates
Danube
Asie mineure
Le Caire
Khartoum
Plateau d'Abyssinie
Kilimandjaro
Elbourz
Mer d'Aral
Amou Daria
Novossibirsk
Angara
Irkoutsk
L. Baïkal
Altaï
Mongolie
Amour
Sakhaline
Mer du Japon
Pékin
Mer Jaune
Changhaï
Mer de Chine
Hong Kong
Haï Nan
Indochine
Golfe
Delhi
Himalaya
Ceylan
Iles Nicobar
Bassin

La Terre, c'est des souvenirs de gosses,
jouant sous la pluie dans des flaques de boue,
c'est toi,
grattant le jardin des doigts
pour y planter du safran,
c'est ce chêne magnifique
sous lequel poussent des violettes,
au printemps,
et les premiers cèpes,
au début de l'été,
ce sont ces immenses forêts de pins
à l'abri desquelles nous aimons nous promener,
c'est l'océan,
enfin,
qui nous unit à ceux qui vivent loin,
et si près à la fois.

Marin Ledun

La Terre, c'est...
Le début, la maison, le bateau,
L'écrin, le décor, le terreau,
La vie, l'avenir, un huis clos,
Notre nid, notre abri, le frigo,
L'océan, la rivière, le radeau,
Notre seule vraie chance, un sublime cadeau,
Quatre éléments, la nature, les animaux,
Ceux qu'on aime, ceux qu'on fuit, les badauds,
Le plancher, la piscine, les oiseaux,
Le lever, le coucher, le plus beau,
Le passé, l'avenir, le renouveau.
Pour ce qu'elle est,
pour ce que nous en ferons,
Faisons en sorte
qu'elle ne soit jamais notre tombeau.

Gilles Legardinier

La Terre, c'est…
Du calcaire, de l'argile, du sable,
du limon, de la roche, du gravier,
des graines, de la vase, du silice,
de la tourbe, de l'eau, de l'air
Des substances minérales et organiques,
des ions, des gaz et des liquides
Des vers, des microbes,
des acariens, des bactéries,
du mycélium, des arthropodes,
des nématodes, des protozoaires,
des actinomycètes,
des larves, des saprophages
Des racines, des algues, des cnidaires,
des mollusques, des tanières
Des cadavres, des corps,
des sépultures, des dépouilles,
des cendres, des chairs,
des viscères, des défunts
C'est ce qui contient toutes les couleurs
et nous réunit
On l'appelle la terre franche,
et la terre franche, c'est nous
Toustes

Les 2 Freds
Frédérique Le Romancer
Frédérique Martin

La Terre, c'est la forêt de mon enfance.
J'ai six ou sept ans
et j'éprouve une immense sensation de calme en
me promenant dans la forêt...
Tout se calme en moi.
Les battements de mon cœur ralentissent.
Dans les buissons,
j'aperçois de grands animaux farouches détaler,
une biche délicate
ou un sanglier avec ses marcassins,
qui appartiennent
au même ordre cosmique que moi...

Je crois que le monde
est comme un grand tourbillon,
et qu'on ne peut pas toujours savoir
s'il faut rire ou pleurer...
Parfois, j'imagine que je suis un arbre
et je trouve la paix,
le soleil intérieur et la douceur.
Ça tombe bien, j'ai un arbre dans mon prénom.
Je vous souhaite la patience des arbres,
le calme des racines
et le resplendissement infini du ciel.

Olivier Liron

La Terre, c'est… Cette poignée de glaise
pétrie dans ma paume d'enfant,
douce comme la peau,
que je me retiens d'écrabouiller.
Avec précaution,
je façonne une boule et la fait sécher au soleil
pour ensuite la peindre en bleu,
ajouter les continents d'un coup de pinceau,
et devenir maîtresse du monde.
La Terre, c'est cette chose
rabougrie et craquelée
qui s'effrite
parce que je l'ai oubliée
sur le rebord de la fenêtre.
Avec tristesse,
je la jette à la poubelle.
Devenir maîtresse du monde,
c'est une sacré responsabilité.

Sophie Loubière

La Terre, c'est…
le seul mot de la langue française
que chacun prononce
en se sentant coupable.

Jérôme Loubry

TERRE TERRE Terre terre terre TERRE

TERRE terre terre TERRE Terre terre

terre

terre

terre terre TERRE terreterreterre

terre TERRE

terre

terre

terre

terre

XXXXXXX

TERRE TERRE

T E R RE T E RRE

TERRE terre terre

T E R R E

E

R

R

T

E

TERRE terre terre terre

terre

terre

terre

terre

T E R R E

terre

terre terre

terre terre

terre

terre

terre

La Terre,
c'est le cri d'une force qui ne sent pas.
Dans ce pays d'où tu ne reviendras jamais,
enfermé comme une mouche
entre tes quatre planches,
le corps cuit et lassé d'être vif.
Le souvenir terreux,
oui, celui de ta chute
dans la boue près de la maison.
Je t'ai relevé,
et j'ai senti l'odeur de fer chaud et de laurier.
Ce souvenir déglacé nous reliera,
pour moi, toujours.
Fils.
Tu étais sale et souriant,
tu me donnais envie de te faire tomber à nouveau ;
de me rouler avec toi.
La Terre qui nous engloutit,
qui nous enseigne
que les envies sans conséquences finiront,
toutes, en plaques d'écume.
Avec ton absence,
rien n'est plus stable dans ma mémoire
que ce moment-ci.

La Terre, c'est savoir danser sur les morts.

Thomas Louis

La Terre, c'est un tourbillon.
Un tourbillon de poussière,
Minuscule mais sublime
Qui tourne, tourne, tourne,
danseur étoile en plein ciel.
Révolutionnaire à ses heures,
rebelle aux tempêtes, naturelles ou humaines,
la Terre, cette éphémère qu'on croit éternelle,
est une fragile, une pierre précieuse.
À la fois berceau et tombeau de nos rêves
elle valsera encore longtemps,
dans les mémoires enchantées
des galaxies englouties…

Anne Loyer

La Terre, c'est ...
une page entière dans le dictionnaire
Le Petit Robert.
Et nous,
les Hommes
(1/2 page dans le dictionnaire),
on lui marche dessus.

Sarah Maeght

TERRE : planète du système solaire où vit l'humanité

HOMME : être appartenant au règne animal seul représentant du genre Homo sapiens

La Terre, c'est cette boule de glaise
en banlieue du système solaire.
Lui-même en banlieue de notre galaxie.
Elle-même en banlieue de l'Univers.
Lui-même en périphérie du temps.

Bref,
La Terre, c'est un petit machin pas bien flambant,
comme un quartier qu'on appellerait sensible,
peuplé de gens pas très recommandables (nous),
et sur lequel a pourtant éclos
ce drôle de miracle mal fagoté : LA VIE.
La Terre, c'est un raté accidentel
et qui a étrangement réussi.

Mo Malø

La Terre, c'est la mère
que je vois souffrir, impuissant,
avant de réaliser que ce n'est pas elle
qui est sur le point de mourir,
mais nous, ses enfants.
Il y a une justice.
Relative, parce que ses autres enfants,
végétaux et animaux,
mourront avec nous.

Laurent Malot

La Terre, c'est le seul endroit
où il ne faut pas avoir les pieds

René Manzor

jack
06/22

La Terre, c'est l'enfance de nos premiers pas,
le devenir de nos sentiments
et l'éternité de nos souvenirs...

Sandra Martineau

La Terre, c'est une part de Toi.
Dès tes premiers pas,
tu la tapes avec tes petits pieds.
Tu la touches et la grattes
malgré les innombrables :
« Mets pas ça dans ta bouche ! »
Amoureusement, elle te colle aux basques,
de ton originelle paire de Nike
à tes ultimes charentaises.
En grandissant, tu l'utilises,
la sculptes pour bâtir ton chez-toi.
Tu vois tes enfants grandir
et laisses le cycle se reproduire.
Demain, elle se creusera pour toi,
tu y feras tes six derniers pas.
Laisse-la venir sur toi,
elle sera ta couverture,
ta dernière toiture.
La Terre, c'est Moi.
Je t'accueille et t'accompagne
depuis ta naissance.
Tu as construit ta vie autour de moi,
et mon avenir dépendra de toi.

Xavier Massé

La Terre, c'est un sacré foutoir !
Et c'est aussi un peu à cause de moi.
Je suis le colibri noir.

Philippe Matter

06/22

La Terre, c'est le silence que je te lèguerai.

Elle étouffe, elle manque d'air,
elle rugit depuis longtemps.

Je l'entends
mais je n'y prête pas attention car je sais.

Je sais que, quand tu seras grand,
elle ouvrira sa gueule,

je sais qu'elle te dévorera d'un coup d'un seul.

D'un coup de vent ou de tonnerre,
et tu ne seras plus rien.

Mais je préfère me taire,
et faire comme si de rien n'était.

Continuer à te dire qu'elle ronronne
quand elle se met à grogner.

La Terre, c'est le silence que je te léguerai.

Maud Mayeras

La Terre, c'est la mère qui nous porte,
nous nourrit et nous supporte.
Nous, cette immense fratrie,
exubérante et prolifique,
exaspérante et bordélique.
Aimons notre mère, chérissons-la, choyons-la
et prenons-en soin.
La terre, c'est la dernière chose
que nous partageons tous,
quels que soient nos origines,
nos croyances ou nos rêves.
C'est sur terre que tout commence,
et c'est sous terre que nous finissons tous.
Notre seul trait d'union,
pour encore plus de 7 milliards d'années
avant que le soleil ne finisse par l'absorber.

Mathieu Menegaux

La Terre, c'est Maman !
Un petit bonhomme, si cher à mon cœur,
a répondu, hier,
à la question à cent mille dollars
— qui me taraude depuis des nuits entières :
la Terre c'est quoi ?
Haut comme trois pommes, curieux de tout
comme le sont les minots de son âge
— ou peut-être un peu plus que les autres,
allez savoir ! — le gamin m'a lancé,
par le plus beau des hasards :
« la Terre, c'est Maman ! »
J'abandonne les forêts,
l'océan, les nuages, la rosée,
les rivières, les vallées, les orages ;
bye bye les vallons, le soleil,
les prairies, les lagons,
les volcans, les clairières sous la pluie.
Si la Terre, le Monde, l'Univers,
c'est Maman,
alors je m'en remets à toi, mon enfant.
Je rejoins ton royaume, ton empire, ta maison.
Merci Sandro, merci pour ta sagesse,
ta lumière, ta raison.
À toutes nos mères-nourricières,
à leurs précieux trésors,
merci pour la tendresse et bien plus encore.

Charlye Ménétrier McGrath

La Terre,
c'est une coloc de 8 milliards de personnes
où tout le monde n'a pas sa chambre,
ni son étagère dans le frigo.

Marion Michau

La Terre, c'est
Notre reste de décor
quand tu déambules à Montréal,
que je déambule à Paris
L'endroit où nous nous sommes rencontrés,
aimés,
quittés,
et qui demeure quand nous n'existons plus
Notre dernier point commun
quand je parle de toi

Caroline Michel

120
150
180
Tropique du Capricorne
OCÉAN PACIFIQUE
Équateur
Tropique du Cancer
I. Canton
Auckland
Christchurch
Nouméa
Honolulu
Brisbane
Sydney
Wake
Guam
Darwin
Los Angeles
San Francisco
Mexico
Seattle
Vancouver
Edmonton
Anchorage
Fairbanks
Dallas
Denver
Winnipeg
Chicago
Toronto
Montréal
New York
Boston
Philadelphie
Miami
La Havane
Panama
Bogota
Caracas
Guayaquil
Lima
La Paz
Manaus
Paramaribo
Belém
Recife
Natal
Rio de Janeiro
São Paulo
Asunción
Antofagasta
Bermudes
Port of Spain
Goose Bay
Gander
Søndre Strømfjord
Reykjavik
Pôle Nord
OCÉAN GLACIAL ARCTIQUE
Tokyo
Okinawa
Khabarovsk
Vladivostok
Iakoutsk
Changhai
Taipei
Manille
Hong Kong
Saigon
Bangkok
Singapour
Djakarta
Rangoon
Calcutta
Bombay
Colombo
Karachi
Delhi
Kaboul
Téhéran
Bagdad
Tachkent
Omsk
Novosibirsk
Sverdlovsk
Moscou
Kazan
Leningrad
Stockholm
Oslo
Helsinki
Shannon
Londres
Amsterdam
Copenhague
Paris
Varsovie
Lisbonne
Madrid
Rome
Athènes
Alger
Casablanca
Dakar
Conakry
Tripoli
Le Caire
Ilha de Sal
Sta Maria
ATLANTIQUE
Is Cocos
DIEN

La Terre, c'est
la poudre noire et sableuse
entre tes doigts d'enfant,
à la recherche d'un trésor de pirate.
Tu n'as rien trouvé.
Rien d'autre qu'un asticot et quelques racines.
Ne sois pas déçu,
c'est la Terre elle-même qui sera ton trésor.

Anne-Sophie Moszkowicz

La Terre, c'est le rebord du monde
où je me suis assise
sans toi
La terre s'est ouverte
et j'ai regardé
mes pas, les pierres
et nos souvenirs tomber
La terre s'est déchirée
par tes absences
dans le chaos de ma tête
la musique

Astrid Monet

La Terre, c'est…

Ta pupille ébahie dans l'encre de la nuit
La courbe de ton œil défardé au matin
La perle désormais privée de son écrin
Un trésor infini mais qui n'est qu'en sursis

La boucle étincelante au lobe de l'oreille
Le plus beau des bijoux qu'on croyait éternel
Une goutte de pluie dans le creux de nos mains
C'est l'espoir asservi à nos choix de demain

Les rondes étourdies de nos doigts qui se nouent
Le seul bien qu'on possède et qui n'est pas à nous
Le seul que j'aimerais,
Mes enfants, vous léguer

Valentin Musso

La Terre, c'est être verre...
à moitié vide ou à moitié plein
selon que l'on trinque
dans l'espace ou que l'on dorme sur le béton.

La Terre, c'est être vers...
ce moment où nous ferions bien d'avancer
puisque la marche arrière n'est plus une option.

La Terre, c'est être vert...
même si la couleur n'est rien
ASVEL ou Stéphanois
tant que l'on joue à l'unisson
pour protéger le même ballon.

La Terre, c'est être ver...
comme à l'origine du monde
et après avoir tant changé, grandi, évolué...
Après avoir creusé des mines
et tiré des fusées...
Ne redevenir que ça comme une boucle bouclée.
Ce ver de cette Terre, un peu pitoyable
qui vibre aux secousses, se noie aux marées,
s'écrase de ses tours érigées
et suffoque à jamais
des poumons de la Terre
que nous avons déjà brûlés.

Tom Noti

La Terre, c'est la déesse mère
dont l'insatiable avidité des hommes
a tari le sein nourricier.
Homo sapiens pèse un dix-millième
de tout le vivant allaité par Gaïa.
Un lilliputien
capable de nuire aux milliers d'autres espèces
qui peuplent la Terre,
en bien plus grand nombre.
La déesse mère s'en remettra,
pour les milliards d'années
qui lui restent à vivre,
mais sa fragile et merveilleuse engeance
périt déjà sous ses yeux impuissants.
Il n'est pas impossible
que la gangrène humaine
finisse par s'autodétruire
et offre au reste du vivant l'opportunité
de faire renaître un monde merveilleux.

Fabrice Papillon

La Terre, c’est le sol
dans lequel je prends mes racines,
qui me nourrit et me calme
lorsque le tumulte résonne.
La Terre, c’est ma mère.
Celle qui me prend dans ses bras
et me chatouille dans le cou.
La Terre, c’est ce qui me tient debout
quand le reste vacille.
Mais elle est aussi
celle qu’on oublie de remercier.
Qu’on oublie d’aimer.
Et que l’on ne voit plus
jusqu’au moment où on l’aura perdue.

Gaëlle Perrin-Guillet

La Terre, c’est notre mer.
La mer, c’est notre Terre.
La Terre et la mer ne peuvent se séparer,
il faut s’y préparer.
La Terre, c’est abriter la vie.
La Terre, c’est abriter la nuit.
Pour certain la Terre c’est une prison,
pour d’autres une oraison.
La Terre, c’est une richesse
pour ceux qui possèdent un lopin.
Planter, récolter, promet des lointains.
La Terre ne peut pas aller plus vite
que la chanson,
la Terre, c’est la délicatesse
du battement d’aile d’un papillon.
La Terre, c’est à protéger avant tout le reste,
la Terre, c’est la priorité de l’humanité,
sa forteresse.
La Terre, c’est lire le dernier rapport du GIEC
(Groupe d’experts intergouvernemental
sur l’évolution du climat).
La Terre, c’est détruire l’élevage intensif
et les bateaux-usine
avant que le futur de nos enfants se débine.

Valérie Perrin

La Terre, c'est 1976,
quand j'ai 10 ans,
et qu'on va à la Capte,
une plage au sud de Toulon,
dans la Simca de mon Papy.
Il y a des petites collines, des pins,
même en été tout est roux.
La terre,
elle se glisse entre tes orteils de gamine
– c'est du sable,
rien de plus doux, rien de plus chaud
que la terre quand elle devient sable.
La Terre, c'est le rosier
que tu plantes
le jour de la naissance d'un enfant,
et qui, 20 ans plus tard, est devenu immense.
La Terre, c'est le Mexique, c'est Montego Bay,
c'est Coney Island.
La Terre, c'est nous, et c'est ailleurs.
C'est Scarlett O'Hara à Tara,
c'est mon papy à la Capte.
La Terre, c'est les pieds qu'on met dedans.

Laurence Peyrin

La Terre, c'est le bord de l'eau
Un endroit pas beau
qui ne sert qu'à ça,
donner des limites aux mers
et laisser couler des rivières
Un endroit sec plein d'épines et de poussière...
On n'y va jamais sur terre, c'est la misère.
Bien moins beau
que notre monde de l'eau le monde de l'air,
paraît qu'il y a des animaux à gogo
qui ont de la bidoche
Dans l'air, tout cloche.
La Terre, c'est des roches.
Certains essaient de nous pêcher,
nous sommes si belles.
Ils sont si moches
à l'oseille pour nous cuisiner
avant, nous mettre dans une filoche.
La Terre, c'est vraiment l'endroit
où il ne faut pas être.
« The place to not be »
comme disent les allemands qui parlent anglais.
Mémoires d'une truite
(Extrait)

Frédéric Ploussard

La Terre, c'est comme un vieux sac à main
qu'on adore,
qu'on trimballe partout
mais auquel on ne fait pas attention
parce qu'on le pense indestructible.
Un vieux sac à main
qu'on pleurera
quand il sera définitivement foutu,
qu'on cherchera à remplacer en vain.
La Terre, c'est comme un vieux sac à main
irremplaçable,
alors prenons-en soin.

Carène Ponte

La Terre, c'est cette petite bille
à laquelle jouent les dieux
en se fendant bien la gueule.
Elle tourne, finit dans un trou.
Puis ils se penchent, la ramassent,
leur ombre voile notre ciel,
nous appelons cela les nuages.
Lorsqu'ils la rangent dans leur poche,
la nuit tombe sur nous.
Les dieux sont des enfants qui jouent aux billes,
qui rient,
nous appelons cela des tremblements de terre
ou des orages, qui pleurent,
nous appelons cela la pluie.
La Terre, c'est cette petite bille
que nous chérissons,
comme quand nous étions gosses
et que nous ne voulions pas la perdre.
Parce que nous n'en avions pas beaucoup.
Voilà pourquoi
il faut prendre soin de notre planète,
comme de nos billes,
parce que nous n'en avons qu'une,
et qu'elle contient nos souvenirs d'enfant.

Romain Puértolas

03/22

La Terre, c'est une vieille dame essoufflée,
qui perd un peu la boule,
mais qui ne peut s'empêcher de croire
que ses enfants
finiront bien par lui tendre la main
afin qu'elle retrouve son chemin.

Julien Rampin

jack
06/22

La Terre, c'est notre lieu et notre indépassable.
On la cache, on la recouvre, on la soumet.
Mais elle résiste,
Petit jardin ouvrier au milieu des immeubles,
Odeur entêtante après la pluie,
Paysages infinis
entrevus par les vitres d'un train,
Mauvaise herbe entre deux pavés.
Et plus loin, souffle du vent dans nos cheveux,
Nuages qui signifient
ce que nous voulons y voir,
Arbres qui grincent et nous ombragent,
Mer et ses galops renouvelés,
Tout ce qui nous prend par surprise
et nous rappelle,
Que nous sommes chez elle pour si peu de temps.
Tout ce qu'on oublie à longueur de temps,
Tout ce qui est là, sans nous, malgré nous.

Claire Renaud

La Terre, c'est un oiseau
dans un nid bien trop vaste.
Elle cherche sa fratrie
aux échos enthousiastes.
Jupiter est en l'air,
Saturne, terre à terre,
Mercure veut du fer et Vénus du mystère.
Ne parlons pas de Mars,
qui prend toujours la mouche,
Uranus est sévère, et Neptune découche.
Le soleil, sans appel,
se tient toujours debout.
La Terre, c'est tout et rien.
La Terre est.
Voilà tout.

Clélia Renucci

La Terre,
c'est un manteau déboutonné
sur une âme intérieure.
On veut tendre la main, écarter,
toucher sans abîmer,
parce que c'est chaud dedans,
ça réconforte.
Quand quelque chose a lâché en nous
mais que tout reste à l'intérieur,
c'est là, ouvert, débraillé et accueillant.
Mais on enfonce toujours trop fort
nos doigts maladroits.
Et quand on se croit digne,
à force,
on aime mal,
on se brûle, on use.
On s'y mesure pourtant,
on se râpe les doigts
sur ses coutures frontalières.
La Terre nous aime joueurs.
La Terre, c'est une petite case
sur l'échiquier de nos vies.
C'est la case départ, c'est la case arrivée
mais on n'aime pas dire
que sa vivacité si franche nous dépasse,
alors on l'écrit.

Bénédicte Rousset

SUR
MAR
PACIFICO

…La Terre, c’est danser.
Ta base, ton père et ta mère réunis.
On pourrait dire sol, je préfère terre.
La Terre, c’est l’attraction, ne la fuis pas.
Sur la Terre, tourne, cours, prends appui,
Éprouve sa résistance, cogne, fais corps,
Perds le nord, et même chute.
Oui, chute,
La Terre, c’est te relever.
Envole-toi,
Comme on quitte un temps ses parents,
Reviens,
Si ce qui te fait te sentir le plus vivant sur
La Terre, c’est danser.

Delphine Saada

La Terre, c'est une goutte de lumière
dans un ciel d'encre.

Julien Sandrel

La Terre, c'est le lit de ceux qu'on a chéris
et qui vivent désormais dans notre mémoire.
C'est ce qu'il reste entre nos doigts
quand ils sont partis.
La Terre, c'est l'aigle, la souris, la graine.
C'est le flottement des feuilles de tremble
dans l'air tiède des prairies.
C'est l'humus des bois,
le ruisseau qui dévale la roche,
l'écho du cerf invisible,
l'ombre ondulante du saumon.
Le souvenir des rires et des larmes versées.
C'est le cercle sacré.

Jacques Saussey

La Terre, c’est
ce truc à peine rond
qui me roule
dessus quand
tu viens à manquer.

Guillaume Siaudeau

La Terre, c'est ce berceau, cette magie cruciale
Qui était bien avant nous,
Qui sera bien après nous.
Prenez le temps de la regarder
Un simple instant pour la remercier
D'abriter dans sa main nos fugaces étincelles.

Cédric Sire

04/22

La Terre, c'est comme ton cœur.
Ses montagnes et ses grands arbres
tendent vers le ciel,
ses cavernes secrètes recèlent des trésors
et chaque être y a sa place.
Si parfois elle tremble et se fissure,
si elle s'assèche
ou est submergée par des tsunamis,
si elle paraît dévastée,
elle retrouve toujours son équilibre
et refleurit.

Timothée Stanculescu

Marne
Meuse
Seine
Loire
Rhône
jack
04/22

La Terre, c'est se rouler dans l'herbe,
se coucher sur le sable chaud,
sentir la fleur d'oranger,
croquer dans une fraise,
se laisser bercer par le bruit des vagues.
C'est cligner des yeux sous le soleil.
S'émerveiller sous les étoiles.
La Terre, c'est ne jamais en voir le bout.
Le guetter à l'horizon.
Et se sentir si petit.
Si peu.
Si rien.
À notre juste échelle.

Sophie Tal Men

La Terre, c'est... tellement beau vu d'en haut,
paraît-il,
qu'on est prêt à dépenser des fortunes
pour s'offrir le spectacle.
Mais qui, d'en haut,
peut voir la fleur se développer
ou le papillon naître ?
Y entend-on le chant d'un rouge-gorge ?
Et que dire de l'odeur de la lavande
que l'on frôle des doigts,
ou de cette menthe fraîche
qu'on peut goûter à peine cueillie ?
La Terre, c'est cette beauté
sans cesse renouvelée sous nos pieds,
que nous ne savons plus voir...

Franck Thilliez

La Terre,
c'est l'espoir dans le ventre d'une mère
Une carapace sur le dos d'un enfant
Un Apollon sur une marguerite
Un territoire sacré
— Toujours à protéger —
Où l'éphémère embrasse l'éternité

Marjorie Tixier

jack
03/22

La TERRE, c'est un corps qui virevolte
et qui nous éclabousse d'une pluie de couleurs.
BLEU comme la mer
qui épouse le ciel d'un baiser éternel.
VERT comme sa chevelure
qui enlace ses rondeurs.
BLANC comme un cœur naïf,
une mariée timide, une neige trop confiante.
JAUNE comme un amant éblouissant
pour lequel elle soupire depuis bien longtemps.
ROUGE comme la passion souterraine
qui la brûle,
comme sa colère fascinante
qui soudain embrase les lèvres d'un volcan.
BRUN comme le terreau
qui nourrit ses enfants.
NOIR comme le chagrin
qui la ronge quand elle boit notre sang...
ROSE comme la caresse d'un soleil couchant,
comme une mère qui murmure
« Je t'aime » à son enfant,
comme un cœur qui palpite pour dire :
« Ne m'oublie pas. »

Aurélie Tramier

jack
04/22

La Terre, c'est une cabane au milieu de la forêt.
De l'espace.
On l'a aménagée, améliorée.
Depuis, il ne pleut plus sur nos têtes.
On a même installé la lumière.
Le luxe de pouvoir lire pendant la nuit.
Dans la cabane.
Les étoiles dans la fenêtre.
Avec des couleurs incroyables.
La mer autour des îles.
Bleue et transparente.
Les montagnes rassurantes.
Grises et blanches.
Et les verts !
Les arbres qui restent dans la bouche.
Palétuviers, baobabs et *Chamaerops*.
On est allongé et on voyage sans bouger.
Dans la cabane.
La Terre, c'est notre cabane à tous.
La Terre, c'est notre cabane
et il faut le répéter chaque jour.
Pour que l'on n'ait jamais à écrire :
« La Terre, c'était notre cabane. »

Michaël Uras

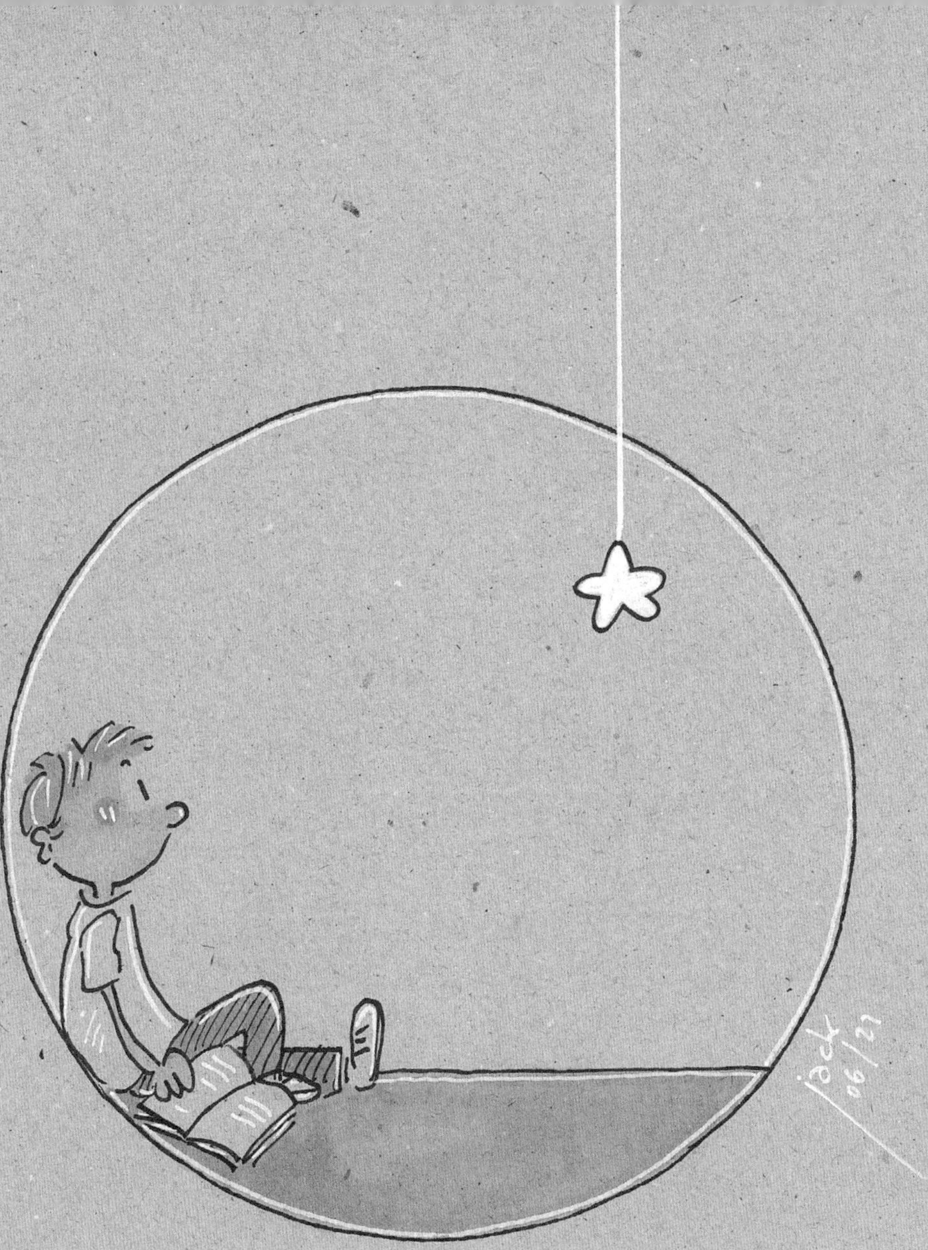
jack 06/21

La Terre, c'est la magie de la vie,
la mère Nature, qui chérit tous ses enfants.
Pourtant, l'un d'eux cherche à la faire
mourir de chagrin.
Contemplez-la, écoutez-la, et peut-être
parviendrons-nous à l'aimer vraiment ?

Wendall Utroi

La Terre, c'est comme mon cinquième enfant,
dont j'essaie de prendre soin
afin de pouvoir lui offrir un bel avenir.

Caroline Vallat

Pôle
Paris
Lisbonne
Douala
Dakar
Belem
Callao
Arica
R. d. Janeiro
Buenos Aires

La Terre, c'est…
Notre foyer.

Il y a 150 millions d'années, en Patagonie,
un dinosaure a étiré son long cou
pour atteindre le sommet d'un araucaria
et manger ses feuilles.

Il y a 30 000 ans,
alors que le détroit de Béring était encore gelé,
plusieurs groupes de chasseurs nomades
ont franchi la glace
et sont passés de l'Asie à l'Amérique.

Des milliers d'années plus tard,
le peuple Mapuche (« Les gens de la Terre »)
a prospéré, enraciné dans la nature.

La nuit, dans les montagnes d'Amérique du Sud,
les troncs élancés des araucarias
semblent évoquer
les silhouettes de dinosaures disparus.
Mais la Terre est toujours là.
Elle pourrait vivre sans nous.
Mais nous ne pouvons pas vivre sans elle.

Gilberto Villarroel

jack
06/22

— La Terre, c'est pour elle
que nous allons mourir.
fit Sasha à son ami qui tremblait
tant le froid leur mordait le corps.
Ces mots résonnaient dans son esprit
comme si un autre les avait prononcés.
Cette phrase était sortie de sa bouche
mais elle lui paraissait aussi irréelle que les
photos en noir et blanc
des livres d'histoire.
Malgré les signes,
jamais il ne crut à l'imminence du désastre,
aujourd'hui encore,
il lui semblait vivre cette lutte de l'extérieur,
comme un simple spectateur.
— La Terre, c'est pour elle
que nous allons mourir.
Ses mots à peine lâchés, son ami Oleksander,
qui enseignait la littérature
il y a encore quelques semaines,
disparut de manière inexplicable
dans une détonation sourde.
Sasha se retrouva dans l'obscurité et le silence,
étreint de toute part
par la fraîcheur de cette Terre qu'il défendait.

Viktor Vincent

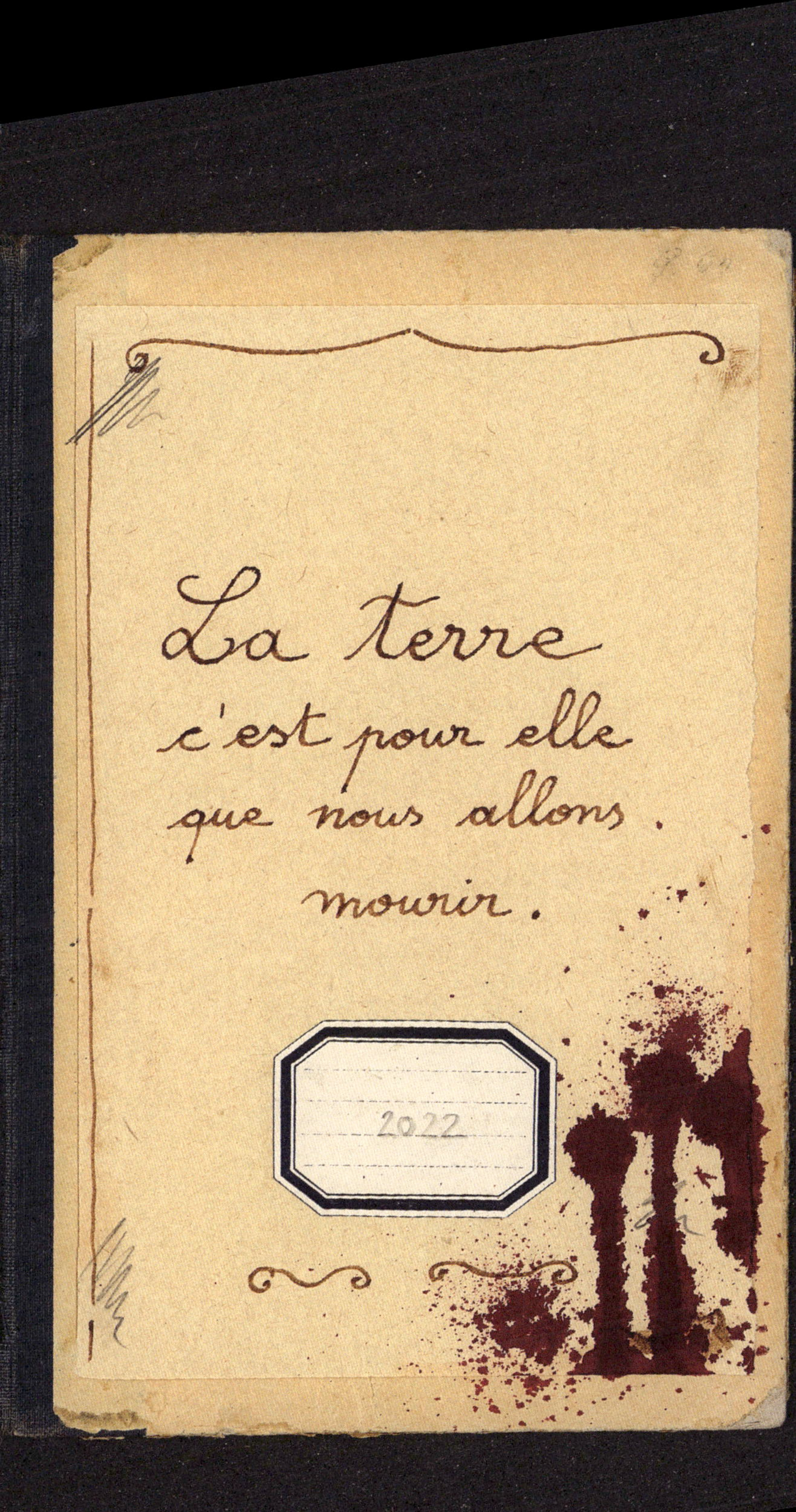
La terre
c'est pour elle
que nous allons
mourir.
2022

La Terre, c'est la mer.
Une planète bleue.
Sous les vagues,
les poissons fusent comme des comètes
et les étoiles se reflètent
sur leurs écailles scintillantes.
Un peu plus bas,
dans le silence de la pleine eau, immobile,
un cercle de baleines rêve.
Si l'on s'enfonce encore,
l'obscurité devient totale,
mais des lampions facétieux
éclairent la sombre splendeur des abysses.
Et quand on touche le sable,
froid et doux,
on réalise que l'océan repose sur la terre.
Tel l'enfant endormi sur l'épaule de sa mère.

Aurélie Wellenstein

La Terre est ma mère,
la Terre est mon père,
et souvent mon enfant.
J'ai besoin qu'elle me berce,
qu'elle me soutienne,
et je me dois de la protéger.
La Terre, c'est l'image de ma maman
qui la prend dans ses mains après un orage
et qui en respire le parfum
qui ne ressemble à aucun autre.

Léa Wiazemsky

jack
06/21

La Terre, c'est
la maison de ma descendance,
ici,
j'y bois son eau,
mange ses pommes et ses dattes,
cueille ses roses,
rêve et agit,
répare et construit.

David Zaoui

Jack
05/22

Galerie de portraits

Sophie
Adriansen

Camille
Andrea

Amélie
Antoine

Sophie
Astrabie

Jérôme
Attal

Solène
Bakowski

Yann
Bécu

Romain
Benassaya

Delphine
Benattar

Thibault
Bérard

Anne-Lise
Besnier

Nicolas
Beuglet

Nathalie
Bianco

Jacques-Olivier
Bosco

Anne
Boudart

Franck
Bouysse

Adèle
Bréau

David
Bry

Michel
Bussi

Jérôme
Camut

Dorothée
Caratini

Virginie
Carton

Marlène
Charine

Fabien
Clavel

Gavin's
Clemente-Ruiz

Ophélie
Cohen

Sandrine
Collette

Hervé
Commère

Mélissa
Da Costa

Sonia
Dagotor

Sophie
de Baere

Laure
de Rivières

Samuel
Delage

Virginie
Delage

Arnaud
Delalande

Michaël
Delaporte

Sonja
Delzongle

Héloïse
des Monstiers

Sandrine
Destombes

François-Xavier
Dillard

Caroline
Dorka-Fenech

Sébastien
Dourver

Chrystel
Duchamp

Isabelle
Duquesnoy

Jacques
Expert

Claire
Favan

Estelle
Faye

Elsa
Flageul

Adeline
Fleury

David
Foenkinos

Lorraine
Fouchet

Patrice
Gain

Éric
Genetet

Maxime
Girardeau

Johana
Gustawsson

Mélanie
Guyard

Vincent
Hauuy

Carine
Hazan

Nathalie
Hug

Anne-Gaëlle
Huon

Paul Ivoire

Jack Jakoli

Jean-Philippe Jaworski

Carine Joaquim

Jack Koch

Alix Laine

Cedric Lalaury

Marin Ledun

Gilles Legardinier

Les 2 Freds

Olivier Liron

Sophie Loubière

Jérôme Loubry

Thomas Louis

Anne Loyer

Sarah Maeght

Mo
Malø

Laurent
Malot

René
Manzor

Sandra
Martineau

Xavier
Massé

Philippe
Matter

Maud
Mayeras

Mathieu
Menegaux

Charlye
Ménétrier McGrath

Marion
Michau

Caroline
Michel

Anne-Sophie
Moszkowicz

Astrid
Monet

Valentin
Musso

Olivier
Norek

Tom
Noti

Fabrice
Papillon

Gaëlle
Perrin-Guillet

Valérie
Perrin

Laurence
Peyrin

Frédéric
Ploussard

Carène
Ponte

Romain
Puértolas

Julien
Rampin

Claire
Renaud

Clélia
Renucci

Bénédicte
Rousset

Delphine
Saada

Julien
Sandrel

Jacques
Saussey

Guillaume
Siaudeau

Cédric
Sire

Timothée
Stanculescu

Sophie
Tal Men

Franck
Thilliez

Marjorie
Tixier

Aurélie
Tramier

Michaël
Uras

Wendall
Utroi

Caroline
Vallat

Gilberto
Villarroel

Viktor
Vincent

Aurélie
Wellenstein

Léa
Wiazemsky

David
Zaoui

Et pour vous la Terre, c'est…

Et pour vous la Terre, c'est…

Et pour vous la Terre, c'est…

Et pour vous la Terre, c'est…

Et pour vous la Terre, c'est…

Et pour vous la Terre, c'est…

Remerciements

À tous les auteurs pour leurs mots inspirants.
À tous les libraires pour leur engagement sans faille.
À Olivier Norek pour sa lumineuse préface.
À Florian Lafani et à Fleuve Éditions pour la confiance accordée.
À Caroline Vallat pour son énergie de super-libraire.
À l'école élémentaire et maternelle sans qui je ne serai pas là aujourd'hui.
À mes parents qui m'ont appris le respect des hommes et de la Terre.
À Clémentine, Jean-Baptiste et Mathilde.
À toi.

Composition et mise en pages
Nord Compo à Villeneuve-d'Ascq

Achevé d'imprimer en Espagne par Macrolibros